문학과지성 시인선 86

그 여름의 끝

이성복 시집

문학과지성사

문학과지성사에서 펴낸 이성복의 시집

뒹구는 돌은 언제 잠 깨는가(1980)
남해 금산(1986; 개정판 1994)
호랑가시나무의 기억(1993)
정든 유곽에서(1996, 시선집)
아, 입이 없는 것들(2003)
달의 이마에는 물결무늬 자국(2012, 시인선 R)
래여애반다라(2013)

문학과지성 시인선 86
그 여름의 끝

초판 1쇄 발행 1990년 6월 15일
초판 10쇄 발행 1993년 9월 15일
재판 1쇄 발행 1994년 6월 10일
재판 39쇄 발행 2024년 9월 26일

지 은 이 이성복
펴 낸 이 이광호
펴 낸 곳 ㈜**문학과지성사**
등록번호 제1993-000098호
주   소 04034 서울 마포구 잔다리로7길 18(서교동 377-20)
전   화 02)338-7224
팩   스 02)323-4180(편집) 02)338-7221(영업)
전자우편 moonji@moonji.com
홈페이지 www.moonji.com

ⓒ 이성복, 1990, 1994. Printed in Seoul, Korea

ISBN 89-320-0442-0 02810

이 책의 판권은 지은이와 ㈜**문학과지성사**에 있습니다.
양측의 서면 동의 없는 무단 전재 및 복제를 금합니다.

문학과지성 시인선 86

그 여름의 끝

이성복

일러두기
시의 제목과 본문에 쓰인 한자 표기는 대부분 한글로 옮겼으며, 필요한
경우 병기하였다(2018년 9월 기준).

자서

세번째 시집을 엮으면서 역시 나는 내 그
릇을 크게 벗어나지 못했다는 느낌이 든다.
이제 내게 주어진 일은 남은 시간 동안 불과
몇 밀리라도 비좁은 그릇을 넓혀가는 것이
리라. 애초에 그것이 불가능한 일이라 하더
라도, 최소한 내 잘못은 아닐 것이다. 마음
속의 스승들께 부끄러운 책을 바친다.

1990년 5월
이성복

그 여름의 끝

차례

자서

느낌

느낌은 어떻게 오는가
꽃나무에 처음 꽃이 필 때
느낌은 그렇게 오는가
꽃나무에 처음 꽃이 질 때
느낌은 그렇게 지는가

종이 위의 물방울이
한참을 마르지 않다가
물방울 사라진 자리에
얼룩이 지고 비틀려
지워지지 않는 흔적이 있다

만남

내 마음은 골짜기 깊어 그늘져 어두운 골짜기마다 새들과 짐승들이 몸을 숨겼습니다 그 동안 나는 밝은 곳만 찾아왔지요 더 이상 밝은 곳을 찾지 않았을 때 내 마음은 갑자기 밝아졌습니다 온갖 새소리, 짐승 우짖는 소리 들려 나는 잠을 깼습니다 당신은 언제 이곳에 들어오셨습니까

서해

아직 서해엔 가보지 않았습니다
어쩌면 당신이 거기 계실지 모르겠기에

그곳 바다인들 여느 바다와 다를까요
검은 개펄에 작은 게들이 구멍 속을 들락거리고
언제나 바다는 멀리서 진펄에 몸을 뒤척이겠지요

당신이 계실 자리를 위해
가보지 않은 곳을 남겨두어야 할까 봅니다
내 다 가보면 당신 계실 곳이 남지 않을 것이기에

내 가보지 않은 한쪽 바다는
늘 마음속에서나 파도치고 있습니다

금기

아직 저는 자유롭지 못합니다
제 마음속에는 많은 금기가 있습니다
얼마든지 될 일도 우선 안 된다고 합니다

혹시 당신은 저의 금기가 아니신지요
당신은 저에게 금기를 주시고
홀로 자유로우신가요

휘어진 느티나무 가지가
저의 집 지붕 위에 드리우듯이
저로부터 당신은 떠나지 않습니다

물고기

내 아주 가까운 곳에 당신을 보았고 당신 계셨던 자리에 누워도 보았습니다 한기가 들 정도로 하늘이 푸르고 간혹 이어지는 숨소리도 푸르렀습니다

내 마지막에 당신이 나를 누이실 자리를 이따금 생각해봅니다 목말라 이른 아침 깨어났을 때 문득 사라진 금빛 물고기들이 간 곳을,

혹은 너무 고통스럽고 경황없어 미처 몸 숨기지 못하고 떠오르던 물고기들, 우리의 금빛 물고기들이 간 곳을……

꽃피는 시절

멀리 있어도 나는 당신을 압니다
귀먹고 눈먼 당신은 추운 땅속을 헤매다
누군가의 입가에서 잔잔한 웃음이 되려 하셨지요

부르지 않아도 당신은 옵니다
생각지 않아도, 꿈꾸지 않아도 당신은 옵니다
당신이 올 때면 먼발치 마른 흙더미도 고개를 듭니다

당신은 지금 내 안에 있습니다
당신은 나를 알지 못하고
나를 벗고 싶어 몸부림하지만

내게서 당신이 떠나갈 때면
내 목은 갈라지고 실핏줄 터지고
내 눈, 내 귀, 거덜 난 몸뚱이 갈가리 찢어지고

나는 울고 싶고, 웃고 싶고, 토하고 싶고
벌컥벌컥 물사발 들이켜고 싶고 길길이 날뛰며
절편보다 희고 고운 당신을 잎잎이, 뱉아낼 테지만

부서지고 무너지며 당신을 보낼 일 아득합니다
굳은 살가죽에 불 댕길 일 막막합니다
불탄 살가죽 뚫고 다시 태어날 일 꿈같습니다

지금 당신은 내 안에 있지만
나는 당신을 어떻게 보내드려야 할지 모르겠습니다
조막만 한 손으로 뻣센 내 가슴 쥐어뜯으며 발 구르는
당신

두 개의 꽃나무

당신의 정원에 두 개의 꽃나무가 있었습니다 하나는 잎이 예뻤고 다른 하나는 가지가 탐스러웠습니다

당신은 두 개의 꽃나무 앞에서 서성거리는 나를 보고 그중 하나는 가져가도 좋다고 하셨습니다

나는 두 개의 꽃나무 다 갖고 싶었습니다 하나는 뜰에 심고 다른 하나는 문 앞에 두고 싶었습니다

내 다 가져가면 당신의 정원이 헐벗을 줄 알면서도, 허전한 당신 병드실 줄을 알면서도……

당신의 정원에 두 개의 꽃나무가 있었습니다 두 개의 꽃나무 사이, 당신은 쓸쓸히 웃고만 계셨습니다

어두워지기 전에 1

어두워가는 산을 가리키며 당신이 아니, 저기 진달래가…… 저기도, 저 너머에도…… 당신이 놀라 가리킬 때마다 어둠과 피로 버무린 꽃이 당신 손끝에서 피어났습니다

그때 당신이 부르기만 하면 까마득한 낭떠러지 위에서 나는 처음 꽃피어날 것 같았습니다

어두워지기 전에 2

꽃나무들은 물감을 흘리며
일렬로 걸어갔습니다
소박한 연등의 행렬은 그치지 않았습니다

우리는 어디로 갔던가요
혼례의 옷에 죽음의 빛이 묻어 있었습니다
한결같이 사람들은 흰빛 향기로 웃고 있었습니다

우리는 어디에 있었습니까
어두워지기 전에
그대를 보고 또 보았습니다

어두워지기 전에
저의 눈빛은 흐려지고
늘어진 꽃나무 사이 그대는 보이지 않았습니다

거리

내 사랑하는 것이 때로는 역겨워
짜증이 나기도 하였지요
흐드러진 꽃나무가 머리맡에
늘어져 있었어요

내 사랑하는 것이 때로는 역겨워
얼어붙은 거리로 나서면
엿판 앞에 서 있는 엄마의 등에
버짐꽃 핀 아이가 곤히 잠들어 있었어요

때로 내 사랑하는 것이 역겨워
떠날 궁리를 해보기도 하지만
엿판 앞에 서성거리는 엄마의 등에
나는 곤히 잠들어 있었어요

바다

서러움이 내게 말 걸었지요
나는 아무 대답도 안 했어요

서러움이 날 따라왔어요
나는 달아나지 않고
그렇게 우리는 먼 길을 갔어요

눈앞을 가린 소나무숲가에서
서러움이 숨고
한 순간 더 참고 나아가다
불현듯 나는 보았습니다

짙푸른 물굽이를 등지고
흰 물거품 입에 물고
서러움이, 서러움이 달려오고 있었습니다
엎어지고 무너지면서도 내게 손 흔들었습니다

집

우리 육체의 집을 지어도 그 문가에서 서성거리는 것은 마음의 집이 멀리 있기 때문이다 우리 마음의 집을 찾아가도 그 문가에서 머뭇거리는 것은 우리가 집이라 부르는 그것도 제 집을 찾아 멀리 떠났기 때문이다

우리 집은 비울수록 무겁고 다가갈수록 멀어라!

산

세상에는 사람들이 살고 있는 가장 더러운 진창과 사람들의 손이 닿지 않는 가장 정결한 나무들이 있다 세상에는 그것들이 모두 다 있다 그러나 그것들은 함께 있지 않아서 일부러 찾아가야 한다 그것들 사이에 찾아야 할 길이 있고 시간이 있다

앞산

　나는 앞산이 그렇게 깊은 산일 줄 몰랐습니다 아이들 데리고 놀러 가던 앞산이 그렇게 깊을 줄 몰랐습니다 오늘 아침 겨울 나무들이 보고 싶어 앞산에 가서 처음 알았습니다 앞산은 동네 앞산이 아니었습니다 푸른 이내 속에 굽이치는 산들은 눈사태처럼 밀려나가 동해로 서해로 내리뻗쳤습니다 나는 앞산이 그렇게 깊은 산일 줄 몰랐습니다 아이들 데리고 놀러 가던 앞산이 그렇게 깊을 줄 미처 몰랐습니다 내 앞으로 밀려드는 검은 산들을 타고 동해로 서해로 출렁거리고 싶었습니다

산길 1

아카시아나무는 잎새가 짙어 이마를 치고 어깨를 툭툭
치고 길은 끝없이 계속될 것 같았습니다 그때 문득 길이
끊어지고 아슬하게 높은 낭떠러지 위에 섰습니다

몇 번이나 가본 그곳을 훤히 알면서도 낭떠러지 앞에
설 때마다 다시 놀라고 못내 서운해 돌아옵니다

산길 2

한 사람 지나가기 빠듯한 산길에 아카시아 우거져 드문드문 햇빛이 비쳤습니다 길은 완전히 막힌 듯했습니다 이러다간 길을 잃고 말 거라는 생각에, 멈칫멈칫 막힌 숲 속으로 다가갔습니다

그렇게 몇 번이나 떨면서, 가슴 조이며 우리는 산길을 내려왔습니다 언제나 끝났다고 생각한 곳에서 길은 다시 시작되었지요

산길 3

깎아지른 벼랑이었는데 그리로 오르지 않고선 길이 없
었습니다 밋밋한 바위벽을 손바닥으로 짚고 몸을 당기면
바위 전체가 딸려들었습니다 가까스로 붙은 손바닥 위에
바위산이 흔들리고 움칫 미끄러질 때마다 까마득한 낭
떠러지가 달려들었습니다 피 흐르는 손가락을 바위 틈에
밀어넣으면 산은 다시 손안에 들어오고 그때마다 한걸음
씩 위로 올랐습니다

산길 4

가파른 언덕은 바위투성이였습니다 여러 겹으로 갈라진 바위 틈새서 어린 나무 하나 보았습니다 날카로운 돌로 찍고 손톱으로 파헤쳐도 좀체로 뿌리는 드러나지 않았습니다 두 손으로 여린 줄기를 잡고 힘껏 당기자, 뿌리 중간이 끊어지고 마알간 물 같은 것이 묻어나왔습니다

집으로 돌아와 묻어주고, 물 주었는데도 어린 나무는 자꾸만 피 흘렸습니다 피 흘리는 어린 나무 곁에서 저희 집은 거친 바위 언덕을 닮아갔습니다

산길 5

오늘 아침 햇볕은 무척 뜨거웠습니다 우리 모두 당신을 말렸지만 당신은 막무가내였습니다 지난여름 장마로 무너진 산길을 오르면서 당신은 이따금 뒤돌아 손짓하셨습니다 그만 들어가라고…… 엎어지면서 당신이 풀뿌리 같은 것을 잡고 일어설 때마다 주먹만 한 자갈돌이 굴러 붉은 먼지 기둥이 솟았습니다 그렇게 몇 번이나 안간힘으로 일어서다가 당신은 뜨거워 몸 뒤트는 잡목숲 속으로 모습을 감추셨습니다 그리고 우리 눈에 남은 것은 헐어터진 소 잔등 같은 산길이었습니다 당신 떠나신 후 더욱 선명해진 길이 오래전에 끝난 흐느낌처럼…… 흘러내리고 있었습니다

숲속에서

숲 전체가 쓰르라미 울음밭이었습니다
날개 빼면 손톱보다 작은 덩치가 숲을 가득 메웠습니다

쓰르라미 우는 쪽으로 다가가자 울음이 뚝 그쳤습니다
몇 발짝 물러서면 나뭇잎 사이, 번쩍이는 햇빛 사이
빛나는 노래는 다시 시작되었습니다

애써 마음먹으면 잡을 수도 있었겠지요
쓰르라미 잡히면 숲이 갇혀 숨죽이고
은밀한 나의 기쁨 끝날 테지요

내가 멀어지면 쓰르라미 울음소리 눈부십디다
여름날 해거름 쓰르라미 울음소리 귀를 찢었습니다

숲 1

바람 부는 숲의 상단에
몸겨눕는 숲이 있었습니다

몸 뒤집으며 떨어지던 새들
못 볼 것을 본 것처럼 떠나지 않고

몸부림치는 숲의 상단에
다시 떠나가는 숲이 있었습니다

숲은 별다른 상처 없이 무성하였습니다
숲은 세월의 무덤처럼 푸르렀습니다

숲 2

한차례 아우성이 끝나고
또 한차례 아우성이 시작되면
숲은 고요히 전율하였습니다

고통은 언제나
새로운 고통이었습니다

한차례 몸부림이 끝나고
또 한차례 몸부림이 시작되면
숲은 지워지고 고통의 형체만 남았습니다

고통이 숲을 묻었습니까
숲이 고통을 떠났습니까

이따금 정신 들면 숲은
파리한 얼굴로
웃기도 하였습니다

숲 3

아침엔 가는 비 뿌리고
젖은 날개로 돌아오는
새들도 있었습니다

그날 하루 아우성치던 숲은
아무것도 낳지 못했습니다
그 다음날도, 다음다음날도
아무것도 낳지 못했습니다

바람이 자고 나면 숲은
왠지 부끄러운 듯이,
그렇게 있었습니다

나무 1

단풍나무 밑동은 어찌나 고운지 나는 연거푸 입맞췄습니다 찝찔한 껍질의 감각이 혀에 묻어났습니다

나도 그렇게 살고 싶었습니다 급한 골짜기로 쏟아지는 물을 한쪽 어깨로 받으며, 연한 뿌리로 바위 틈에 길을 만들며

언젠가 나도 그렇게 살고 싶었습니다 푸른 하늘 한쪽에 나의 작은 하늘을 만들며, 겁 많은 잎새들을 다른 잎새 위에 드리우며

찝찔한 나의 입맞춤을 단풍나무 껍질은 알았을까요?

나무 2

높은 가지 위에 올라 몸 구르면 나의 몸 구름은 나무의 몸 구름이 되고 내가 몸 구르는지 나무가 몸 구르는지 알 수 없었습니다 푸른 잎새들은 기뻐 춤추었습니다

그러다가 바닥으로 굴러떨어졌습니다 나는 다친 데 없어 다행이었지만 찢긴 가지가 가엾어 떼어내려 하니 질긴 피질이 좀체로 끊기지 않았습니다

꺾인 나무는 꺾인 채 바닥으로 기울고 아무것도 모르는 잎새들은 춤추고 있었습니다 다가서면 얼굴 뒤집고 몸부림쳤습니다

나무 3

목숨이 지나간 자리는 아직 푸른빛이었습니다 지난겨울 죽은 나무를 방 안에 두고 오래 들여다보았습니다 뿌리가 끊어지고, 몸체가 말라붙어도 목숨이 지나간 자리는 아직 푸른빛이었습니다

아무도 들어보지 못한 나무의 울음소리 들렸습니다
죽은 나무의 바랜 초록빛 울음소리 끊이지 않았습니다

강 1

남들은 저를 보고 쓸쓸하다 합니다
해거름이 깔리는 저녁
미루나무숲을 따라갔기 때문이지요

남들은 저를 보고 병들었다 합니다
매연에 찌들려 저의 얼굴이
검게 탔기 때문이지요

저는 쓸쓸한 적도 병든 적도 없습니다
서둘러 그들의 도시를
지나왔을 뿐입니다

제게로 오는 것들을 막지 않으며
제게서 가는 것들을 막지 않으며
그들의 눈 속에 흐르는 눈물입니다

강 2

강이 흐르는 방향을
알 수 없었네
잔잔히 밀리는 수면을
보곤 알 수 없었네
멀리 낮은 산들의 어깨에 기대
강은 흐르고 있었네

다만 우리에게 남은 모래,
큰물이 지나가고 잘게 부서진 모래
우리가 멎은 자리에서 강은 흘렀네
모래뿐인 삶 앞에서……

강 3

또 봄이 와서 강둑에 풀이 짙었네
산은 거기 잠겨 머리를 풀고
합성세제 거품 사이로 작은 물고기는
입을 벌렸네 무언가 뜨거운 것이
무심한 잎새들 사이를 스쳐갔네 머리끝
발끝에도 증오 같은 것이 느껴졌네
산은 거기 잠겨 머리를 풀고
도시엔 그을음 같은 연기가 올랐네
또 봄이 와서 강둑에 풀이 짙었네

물가에서

그날 아침 물살은 신기하게도 빨랐습니다 우리는 채 깊지 않은 물가에서 얼굴을 씻고 머리 감았습니다

점심때 나와보니 우리 놀던 물가에 인적 끊기고 물길 휘돌아 깊어진 곳에 자욱이 사람들이 모였습니다

물 가운데를 유유히 돌아다니는 나룻배는 죽음이었습니까, 죽음의 그림자였습니까

시신을 찾지 못한 나룻배는 다시 사람들을 실어 나르고 한쪽 물가에선 방금 도착한 사람들이 물장구치기 시작했습니다

물 건너기 1

한 아이는 시 쓰는 선배 등에 태우고 또 한 아이는 내 등에 업고 물 깊은 데로 나아갔습니다 나는 다리 힘이 없어, 빠른 물살을 이길 수가 없어 눈알이 빠져 달아나는 것 같았습니다 선배는 발걸음을 작게, 작게 떼어놓으라고 했습니다 처음 배꼽까지 차오르던 물은 젖가슴 위로 올라오고 엎어질 듯 움찟거릴 때마다 등에 업힌 아이는 외마디 소리를 질렀습니다 여러 번 비틀거리다 갑자기 평온이 오고, 물이 배꼽 아래로 내려갔을 때 내 물 건넌 줄 알았습니다

물 건너기 2

바람은 몹시 불고 강 저편은 아득한데 몇몇은 벌써 앞서가고 있었습니다 저맘쯤이면 물이 목까지 차오를 텐데 여인들의 치마가 바람에 날리는 것을 보면 아직 물은 다리 아래밖에 오지 않은 것일까요 우리들 바로 옆에, 몇 발자국 앞에도 서넛씩 팔짱을 주리끼고 바람에 튀어오르는 물 가운데로 나아가고 있었습니다 이제는 한 발짝도 떼어놓을 수 없이 굳어버린 여인들을 온몸으로 밀면 외마디 소리가 들리고, 바람이 물결을 몹시 떨게 하여 눈을 감았다 뜨면 서넛씩 부둥켜안은 사람들이 푸른 갈대 대궁 같았습니다

절벽

저 밑에 한참 밑에 떨어져 퍼져 으깨어진 바위섬과 혀도 이빨도 없이 물고 뜯고 부수는 물결, 휩싸여 떠도는 물거품 사이로 머리에 몸뚱이에 온통 성에 묻힌 갈매기가 떠돌다 바위섬에 부딪혀 또 다른 물거품이 되었는지, 모든 것을 뒤집어 쓰러뜨리는 전능의 높이 위에 우리는 오장육부를 훑어내리는 죽음과 함께 있다 지금 우리가 나동그라 떨어지며 맨 머리로 시뻘건 벼랑을 들이받건 아니건 간에, 저 밑에 한참 밑에 떨어져 퍼져 으깨어진 바위섬이 애끓도록 우리를 부르고 사후死後처럼 고요한 물빛이 우리를 끌어당길 때, 머리끝이 쭉 뻗치도록 아슬한 해거름 절벽 위로 헐떡이며 기어오르는 나무들이 소름처럼 푸른 숨을 들이쉬며, 내쉬며 이내 속에 지워져갈 뿐!

아주 흐린 날의 기억

새들은 무리지어 지나가면서 이곳을 무덤으로 덮는다

관 뚜껑을 미는 힘으로 나는 하늘을 바라본다

혹

　풀이나 버러지, 그런 하찮은 것들에 대해 우리가 얼마
나 하찮은가를 깨닫기 위해 우리는 여기 왔다 이곳을 떠
날 때까지 깨닫지 못할 것이다 고목나무 둥치에 붙은 굳
어버린 혹 같은 것……

손

손, 타인의 손, 얼굴보다 더 늙은 손은 너의 가슴을 향해 온다 한번도 잡아주지 못한 손, 타인의 여윈 손

고양이

주먹만 한 작은 고양이 발을 핥는다 발가락을 핥는지,
발바닥을 핥는지 눈치도 안 보고 핥는다 버스를 기다리
던 중학생 하나 농구화 신은 발을 들이대니 고양이는 무
심코 고개를 젓는다

아까부터 나는 사는 것을 바라본다 발가락과 발바닥
사이 아주 낮은 삶을, 이제 막 아물기 시작하는 근질거리
는 헌 생채기 같은 것을

기차

　기차는 삼십 초나 일 분 동안 멎어 있다가 우리가 방심
하는 사이 떠나가기 시작한다 휑한 뒷모습을 보이지 않
으려 짐짓 몸을 구부리고 아득히 기차가 멀어지면 밤눈
처럼 희지도 어둡지도 않은 기억이 석 달 열흘을 내리고
어디라고 갈 곳이 내키지 않아 기차가 떠난 자리를 서성
거리면 기차는 아득히 멀어져갈 뿐 끝내 사라지지 않는
다 애초부터 기차는 멎어 있었는지 모른다 아니다, 머뭇
거리는 우리가 안쓰러워 잠시 머뭇거릴 뿐 끝내 사라져
갈 것이다 고모에서 지천으로, 우골이나 용해 같은 잊혀
진 방언方言의 골짜기로……

당신

이른 아침 차를 타고 나가보니 아낙네들은 얼어붙은
땅을 파고 무씨를 갈고 있었습니다 그네들의 등에 업힌
아이들은 고개를 떨군 채 잠들어 있었습니다 남정네들은
어디 갔는지 보이지 않았습니다 논두렁에 불이 타고 흰
연기가 천지를 둘렀습니다

진흙길을 따라가다 당신을 만났습니다 무릎까지 오는
장화를 신고 당신은 아직 물이 마르지 않은 뻘밭에서 흙
투성이 연뿌리를 캐고 있었습니다

혹시 당신이 찾은 것은 연뿌리보다 질기고 뻣센 당신
의 상처가 아니었습니까 삽에 찍힌 연뿌리의 동체에서
굵다란 물관 구멍을 통해 사라진 것은 도로徒勞뿐인 한
생애가 아니었습니까 목청을 다해 불러도 한사코 당신은
삽을 찍어 얼어붙은 연뿌리를 캐고 있었습니다

아이

저의 아이는 높은 계단을 올라가
문득 저를 내려다봅니다
그 높이가 아이의 자랑이더라도
저에겐 불안입니다

세월을 건너 눈과 눈이 마주칩니다
그러곤 이내 눈이 멀겠지요
우리가 손잡을 일은 다시 없을 것입니다

소녀들

웃음 속에 어찌 얼룩이 없겠습니까
웃음은 얼룩 속에 있습니다

여름 한나절 땀 흘리는 버스 안에서
소녀들은 한껏 웃습니다

저들의 웃음소리는 처음 펴보는
부챗살 같습니다

저들이 웃을 때마다 부챗살
하나하나가 꺾여나갑니다

웃음 속에 어찌 세월이 없겠습니까
저들의 웃음 속에 세월은 잠자고 있습니다

어머니 1

어머니 찾아가는 길 잡초 우거져 길 못 찾겠네 어머니
내 지금 못 가면 우리 어머니 내 걱정에 잡초 헤치며 날
찾아오실 텐데, 공중에서 길 흩어져 어머니와 나는 잡초
거츨은 숲속을 밤새내 헤맵니다

어머니 2

　달빛 없는 수풀 속에 우리 어머니 혼자 주무시다가 무서워 잠을 깨도 내 단잠 깨울까봐 소리없이 발만 구르시다가, 놀라 깨어보니 어머니는 건넌방에 계셨다

　어머니, 어찌하여 한 사람은 무덤 안에 있고 또 한 사람은 무덤 밖에 있습니까

섬

섬과 섬이 만나 자식을 낳았다 끝없이 너른 바다를 자식 섬은 떠돌았다 어미 섬과 아비 섬을 원망하면서⋯⋯ 떠돌며 만난 섬들은 제각기 쓸쓸했고 쓸쓸함의 정다움을 처음 알았을 때 서둘러, 서둘러 자식 섬은 돌아왔다 어미 섬과 아비 섬이 가라앉은 뒤였다

별

까마득한 하늘에 별 하나 떨고 있다 새들은 낮게 날고
짐승들은 무리지어 몸을 숨긴다 저 별이 위험하다, 저 별
이 숨을 곳 없다 벌레들은 낮게 울고 빠른 바람에 마른
번개 떠다닌다 저 별이 숨가쁘다, 저 별이 달아날 곳 없
다 곧이어 미친 구름이 저 별을 집어삼키리라! 까마득한
하늘에 별 하나 떨고 있다

벽

  담쟁이라도 타고 오르지 못하는 붉은 벽 앞에 서면 새
어나오지 못하는 고통의 신음 소리 들린다 무너뜨릴 수
없고 불태울 수 없는 고통의 울부짖음 소리 들린다 담쟁
이라도 타고 오르지 못하는 붉은 벽 앞에 서면 매달리고
싶다 타고 오르고 싶다 먼지 낀 침묵의, 함성의 붉은 벽
앞에 서면 알몸으로 불타오르고 싶다

역전易傳 1

며칠 고기를 먹지 않았습니다 눈물 흘리는 짐승들이
슬퍼졌기 때문입니다 그러던 어느 날 고기를 먹었습니다
넓적넓적 썰은 것을 구워 먹으니 맛이 좋았습니다 그날
아침 처형당한 간첩의 시체라고 했어요 한참을 토하다
고개 들어보니 입가에 피범벅을 한 세상이 어그적어그적
고기를 씹고 있었습니다

역전易傳 2

갑자기 내 왼쪽 팔목에 송충이 같은 것이 스멀거려 화급히 오른손으로 내리쳤으나 그것들은 꿈쩍도 않고 급한 마음에 손가락으로 떼어내려 했으나 털투성이 껍데기만 딸려올 뿐 그것들은 내 팔목 깊숙이 살점과 엉켜 떨어지지 않았습니다 겁에 질려 눈을 씻고 들여다보니 그것들은 자취도 없고 가슴속에 털투성이 오만 잡것들이 조용히, 조용히 꿈틀거리는 소리 들렸습니다

역전易傳 3

　　속옷만 입은 우리 아이가 밖에서 놀고 있는데 아이가
무섭다고 기겁을 하는 것을 보니 아이보다 훨씬 큰 멧돼
지 한 마리 화살통 같은 입을 세우고 달려오기에 엉겁결
에 몽둥이를 들어 심하게 내리쳤지만 꿈쩍도 않아 누가
옆에서 갖다준 도끼로 여러 번 찍고, 또 찍고 그러고 나
서 들여다보니 도끼에 찢긴 어깻죽지에 피 묻은 속옷이
너덜거리고 정말 그것은 피투성이가 된 우리 아이의 무
참한 모습이었습니다

야생화

야생화, 너의 노래를 들으면 나의 아들은 슬프다고 한다 날 때부터 슬픔의 샘을 가진 가족들은 야생화, 너를 기억한다 바랜 증명사진 속에 너덜거리는 피 묻은 살점, X-레이에 찍힌 부서진 갈비뼈, 허벅지가 꺾인 말 위에 겨누어진 소리 없는 총구, 혹은 일렬로 담벽에 기대선 채 사살射殺을 기다리는 한 떼의 젊은이들, 아무도 보지 못했지만…… 야생화, 너의 노래를 들으면 나의 아들은 슬프다고 한다 날 때부터 슬픔의 샘을 가진 가족들은 야생화, 너를 기억한다

낮은 노래 1

나의 하나님, 신부인 나의 잠자리는 젖어 있습니다 오,
근원 가까이 흐르는 물, 나의 기다림은 낮게 흘러 두 개
의 맑은 호수를 이루었습니다 다만 미지와 미지라고 불
리는 당신의 두 눈, 수심 깊이 곱게 씻긴 다갈색 자갈돌
을 보기도 하였습니다 나의 하나님, 그러나 나의 기다림
은 낮게 흘러 흐려질 것입니다 다만 당신 자신으로서의,
당신의 하나님

낮은 노래 2

나의 하나님, 기쁨의 통로 저편에 계신, 여태까지 나는
막힌 동굴 같은 것이었나 봅니다 봄부터 여름까지 내게
서 피어난 것들은 당신의 흔적이었습니다 나의 하나님,
이제 당신에게로 가서 끝없이 빛으로 새어나오는 동굴이
되렵니다 물밀듯이 밀려가는 기쁨의 통로 저편, 나의 하
나님, 봄부터 여름까지 막혀 있던 당신의 실핏줄 하나 이
제 열립니까

낮은 노래 3

반다지꽃이라던가, 무어라던가 그런 작은 꽃을 찾아 한떼의 영양羚羊들이 달려갔습니다 먹지 못하고, 씹지 못하고 너무 작아서 보이지도 않는 그 꽃이 혹간 그들 눈망울에 어릴 때 나의 하나님, 당신의 노고는 끝나신다지요 모래바람 속 타는 발바닥으로 사막을 건너간 영양들이 살가죽 밖으로 뼈를 보일 때 나의 하나님, 당신은 그들 귀에만 들리는 낮은 노래라지요

비단길 1

깊은 내륙에 먼 바다가 밀려오듯이
그렇게 당신은 내게 오셨습니다
깊은 밤 찾아온 낯선 꿈이 가듯이
그렇게 당신은 떠나가셨습니다

어느 날 몹시 파랑치던 물결이 멎고
그 아래 돋아난
고요한 나무 그림자처럼
당신을 닮은 그리움이 생겨났습니다
다시 바람 불고 물결 몹시 파랑쳐도
여간해 지워지지 않았습니다

비단길 2

저물녘의 못물같이 내 당신을 보고 또 보았습니다
끝없는 동굴 같은 것이 마음속에 깊어갔습니다
내 몸 비틀면 당신의 이마 위 맑은 물방울 굴러내리고
처음엔 형벌인 줄 몰랐습니다
나의 괴로움, 당신의 형벌일 줄 몰랐습니다
오, 저물녘의 못물같이 내 당신을 보고 또 보았습니다

비단길 3

점을 보았지요
서둘러 당신을 붙잡으라 하였지요
그것이 당신을 가두는 일인 줄 몰랐습니다
퍼덕이던 당신 촘촘한 내 괴로움에 지쳐 잠드시고
지금 나는 동네 아이들이 버려둔 곤충 채집망 같습니다
서둘러, 서둘러 당신을 잡으라고 사람들은 말했지요
그것이 당신을 가두는 일인 줄 몰랐습니다

비단길 4

처음 젓대의 가락이 시작될 때 피는 몹시 뛰고 몸은 인
도나 서역 그런 먼 곳에서 깊이, 더 깊이 내려갔습니다
모래뿐이었어요 이 살, 이 뼈, 끝간데 없는 비단길…… 젓
대의 가락이 제 흥에 겨워 끝장에 치달았을 때 당신의 모
습이 눈에 보였어요 살며시 돌아누우면 지워지는 당신,
모래뿐인 살 속에서 당신은 오래 울고 계셨습니다

비단길 5

비 온 뒤의 웅덩이처럼 당신은 내 기다림 뒤에 계십니다

기다림 저편에 진흙을 기는 무지렁이나, 비 온 뒤 개인 하늘을 비추는 빗물이거나……

그 모든 사소로운 것들이 당신의 눈짓인 줄 이제 알겠습니다

그대 가까이 1

바람에 시달리는 갈대 등속은
저희끼리 정강이를 부딪칩니다
분질러진 다리로 서 있는 갈대들도 있었습니다

그대 가까이
하루 종일 햇빛 놀고
정강이가 부러진 것들이 자꾸 일어서려 합니다
눈 녹은 진흙창 위로 꺾인 뿌리들이 꿈틀거립니다
그대 가까이 하루 종일 햇빛 놀고

그대 가까이 2

자꾸만 발꿈치를 들어보아도
당신은 보이지 않습니다
때로 기다림이 길어지면
원망하는 생각이 들어요
까마득한 하늘에 새털구름이
떠가고 무슨 노래를 불러
당신의 귓가에 닿을 수 있을까요
우리는 만나지 않았으니
헤어질 리 없고 헤어지지
않았어도 손 잡을 수 없으니
이렇게 기다림이 깊어지면
원망하는 생각이 늘어납니다

그대 가까이 3

나무 줄기 거죽이 자꾸 갈라지고
읽을 수 없는 글자가 새겨집니다

저희는 알 수 없습니다
밥 먹고 옷 입는 일 외에는

부러진 나뭇가지를 집어
멀쩡한 나무를 두드리니

잔가지들이 놀라
어쩔 줄을 모릅니다

한 글자만 허락해주십시오
저희에게 한 글자만 허락해주십시오

진흙창에 박힌 신발을 마른 풀에 비비며
저희는 돌아갈 일을 생각합니다

그대 가까이 4

그대 계신 곳을 멀리
뒤돌아가다가
겨울 나무들이 선 곳에
나도 섰습니다

그대 비밀을 안다면
나도 그대의 비밀이 될까요
눈송이 입자처럼 고운 비밀이
내게도 있었던가요

지금은 멎어버린 샘 가의
돌무더기처럼
나는 버려져 있습니다

간간이 비 뿌리거나
바람 스치면
그대 이름 되뇌어보면서

그대 가까이 5

그대 가까이 하루 종일 햇빛 놀고
해질녘이면 동네 뒷산을 헤맸습니다

신화나 예감 같은 것,
그런 것에 홀려다니면서
그것이 쫓기는 일인 줄 몰랐습니다

오, 전설의 기미 같은 것,
그런 것에나 쫓겨다니면서
지치면 겨울 나무들이 줄지어
선 곳에 나도 섰습니다

한쪽 어깨가 바람에 깊이 패이도록
마른 나무들의 호흡을 받았습니다

강가에서 1

그대 목소리 듣고 강가로 나왔을 때 봄풀이 우거진 먼 언덕에서 내가 선 모래톱까지 하늘이 와 닿았네 강은 한 줄기 팍팍한 흐름이었네 잔잔히 밀리는 물결은 떠나지 않았네 밀렸다가 다시 돌아오는 모래들의 중얼거림, 그대 품은 너무 깊어 나는 거기 흐를 수 없었네 강은 굽이져 언덕 뒤로 숨고 그대의 마지막 모습도 그런 것이었네

강가에서 2

깊은 물 속으로, 더 깊은 물 속으로 내려서면서 우리는 발끝으로 당신의 가슴 언저리를 더듬었습니다 이명처럼 오랜 날들이 지나고 우리가 닿은 곳은 당신의 하구河口였습니다 밤새 비 내리고 폭풍우가 멎은 아침, 흰구름이 피어오르는 바다가 눈에 들어왔습니다 맑게 닦인 모래알처럼 고운 당신의 웃음이 우리를 받았습니다

강가에서 3

저렇게 밀려가면서도
당신은 제자리에 계십니다
저렇게 파랑치고 파랑치면서도
당신은 머물러 계십니다

나는 당신과 함께 있습니다
밀려가고 밀려오면서도
나와 함께 계시는 당신

당신에게 이끌려 기어코
나는 흐르고야 맙니다
오, 한없이 떨리는 당신

병든 이후

나는 당신이 그리 먼 데 계신 줄 알았지요 지금 내 살
갗에 마른버짐 피고 열병 돋으니 당신이 가까이 계신 줄
알겠어요 당신이 내 곁에 계시면 나는 더 바랄 것이 없어
요 당신이 조금 빨리 오셨을 뿐 나는 하고 싶은 것도, 되
고 싶은 것도 없어요 당신 손 잡고 멀리 가고 싶지만 한
발짝 다가서면 한 발짝 물러서시고, 한 발짝 물러서면 한
발짝 다가오시는 당신, 우리 한몸 되면 나의 사랑 시들
줄을 당신은 잘 아시니까요

슬픔

그대가 내지 않은 길을 내가 그대에게 바랄까요
그대가 내지 않은 길을 그대가 나에게 바랄까요
그래도 내 가는 길이 그대를 향한 길이 아니라면
그대는 내 속에서 나와 함께 걷고 계신가요
나를 미워하고 그대를 사랑하거나 그대를 미워하고
나를 사랑하거나 갈래갈래 끊어진 길들은 그대의
슬픔입니다 나로 하여 그대는 시들어갑니다

사슬

내가 당신 속으로 깊이 들어갔을 때 나는 아직 당신 바깥에 있었습니다 그때 당신은 웃는 것 같았고 우는 것 같았고 온갖 슬픔과 기쁨이 하나로 섞인 그 소리는 나의 머리끝 발끝을 끝없이 돌아나갔습니다 그 소리에 잠겨 나도 당신도 잊혀지고 헤아릴 수 없는 윤회의 고리들이 반짝였습니다 반짝임 사이로 어둠이 오고 나도 당신도 남이었습니다

노을

　당신이 마냥 사랑해주시니 기쁘기만 했습니다 언제 내가 이런 사랑을 받으리라 생각이나 했겠습니까 밥도 안 먹고 잠도 안 자고 당신 일만 생각했습니다 노을빛에 타오르는 나무처럼 그렇게 있었습니다 해가 져도 나의 사랑은 저물지 않고 나로 하여 언덕은 불붙었습니다 바람에 불리는 풀잎 하나도 괴로움이었습니다 나의 괴로움을 밟고 오소서, 밤이 오면 내 사랑은 한갓 잠자는 나무에 지나지 않습니다

새

　잠든 잎새들을 가만히 흔들어봅니다 처음 당신이 나의
마음을 흔들었던 날처럼 깨어난 잎새들은 다시 잠들고
싶어합니다 나도 잎새들을 따라 잠들고 싶습니다 잎새들
의 잠속에서 지친 당신의 날개를 가려주고 싶습니다 그
러다가 눈을 뜨면 깃을 치며 날아가는 당신의 모습이 보
이겠지요 처음 당신이 나의 마음을 흔들었던 날처럼 잎
새들은 몹시 떨리겠지요

발

이렇게 발 뻗으면 닿을 수도 있어요 당신은 늘 거기 계
시니까요 한번 발 뻗어보고 다시는 안 그러리라 마음먹
습니다 당신이 놀라실 테니까요 그러나 내가 발 뻗어보
지 않으면 당신은 또 얼마나 서운해하실까요 하루에도
몇 번씩 발 뻗어보려다 그만두곤 합니다

기다림

날 버리시면 어쩌나 생각진 않지만
이제나저제나 당신 오는 곳만 바라봅니다
나는 팔도 다리도 없어 당신에게 가지 못하고
당신에게 드릴 말씀 전해줄 친구도 없으니
오다가다 당신은 나를 잊으셨겠지요
당신을 보고 싶어도 나는 갈 수 없지만
당신이 원하시면 언제라도 오셔요
당신이 머물고 싶은 만큼 머물다 가셔요
나는 팔도 다리도 없으니 당신을 잡을 수 없고
잡을 힘도 마음도 내겐 없답니다
날 버리시면 어쩌나 생각진 않지만
이제나저제나 당신 오는 곳만 바라보니
첩첩 가로누운 산들이 눈사태처럼 쏟아집니다

울음

때로는 울고 싶습니다 그러나 어떻게 우는지 잊었습니다 내 팔은 울고 싶어 합니다 내 어깨는 울고 싶어 합니다 하루 종일 빠져나오지 못한 슬픔 하나 덜컥거립니다 한사코 그 슬픔을 밀어내려 애쓰지만 이내 포기하고 맙니다 그 슬픔이 당신 자신이라면 나는 또 무엇을 밀어내야 할까요 내게서 당신이 떠나가는 날, 나는 처음 울 수 있을 것 같습니다

사막

　세상은 온통 내가 모르는 것들로 가득 찼습니다 나는
자꾸 슬퍼졌습니다 당신은 내 잘못만은 아니라고 하지만
내가 아니면 어찌 세상이 슬퍼졌겠습니까 큰길로 나아가
소리 높여 통곡하는 사람을 보았습니다 그의 어깨가 털
뽑힌 새처럼 파닥거렸습니다 그는 나를 보고 아들아, 사
막으로 가자…… 라고 말했습니다 나는 막 달아났습니다
달아날수록 사막은 가까웠습니다 다가갈수록 사막은 당
신을 닮아갔습니다 당신이 아니라면 어찌 내가 사막을
보았겠습니까

문신

당신을 따라서 나도 모르게 천착하였습니다 당신이 슬퍼할 줄 알면서도 내게 남은 것은 다 외로움이었습니다 내 손에 묻은 당신의 피를 보았습니다 당신에게서 당신에게로 가는 것들을 가로막고서 내게 남은 것은 다 외로움이었습니다 당신 가슴에 내가 새긴 끔찍한 문신이었습니다

앞날

당신이 내 곁에 계시면 나는 늘 불안합니다 나로 인해
당신 앞날이 어두워지는 까닭입니다 내 곁에서 당신이
멀어져가면 나의 앞날은 어두워집니다 나는 당신을 잡을
수도 놓을 수도 없습니다 언제나 당신이 떠나갈까 안절
부절입니다 한껏 내가 힘들어하면 당신은 또 이렇게 말
하지요 "당신은 팔도 다리도 없으니 내가 당신을 붙잡지
요" 나는 당신이 떠나야 할 줄 알면서도 보내드릴 수가
없습니다

거울

하루 종일 나는 당신 생각으로 가득 차 있습니다 나는
당신을 지울 수가 없습니다 이 길은 끝이 있습니까 죽음
속에 우리는 허리까지 잠겨 있습니다 나도 당신도 두렵
기만 합니다 이 길은 끝이 있습니까 이 길이 아니라면 길
은 어디에 있습니까 당신이 나의 길을 숨기고 있습니까
내가 당신의 길을 가로막았습니까 하루 종일 나는 당신
생각으로 가득 차 있습니다 거울처럼 당신은 나를 보고
계십니다

노래 1

　사랑하는 사람이여, 나는 여기 와서 아무것도 보지 못했네 죽음밖에는 겁 많은 짐승의 눈알처럼 빛나는 죽음을 그대에게 보여주고 싶지 않았네 죽음은 몸 속에도 몸 바깥에도 있었네 사랑하는 사람이여, 그대가 내 손을 잡고 부르던 노래는 죽음이었네

노래 2

왼갖 노래 다 듣고 왼갖 노래 다 불러보아도 마음속에
떨어진 그대, 건질 수가 없네 마음속에 불붙은 그대 눈동
자 지울 수가 없네⋯⋯

운명

운명이여!

그대가 있기에 나는 갑니다
나의 주위에 얼음판 위로
미끄러지는 사내 여럿 있습니다

운명이여!

까닭 없이 허공에 펴든 손,
아직 꽃나무들은 얼음 속에 잠겨 있고
먹을 것을 찾아 새들은 눈 덮인 벌판으로 몰려갑니다

운명이여!

이마를 숙이고
다가오는 그대 그림자를 봅니다
먼 추억처럼 그대 그림자 떠나가기를 기다립니다

운명이여! 운명이여!

비 1

가라고 가라고 소리쳐 보냈더니
꺼이꺼이 울며 가더니
한밤중 당신은 창가에 와서 웁니다

창가 후박나무 잎새를 치고
포석을 치고
담벼락을 치고 울더니

창을 열면 창턱을 뛰어넘어
온몸을 적십니다

비 2

　머리맡에 계시는 것 같아 깨어보면 바깥에 계십니다 창을 열고 내다보면 빗줄기 너머에 계십니다 지금 빗줄기 사이로 달려가면 나 없는 사이 당신은 내 방에 들어와 뽀오얗게 한숨이나 짓다가 흐트러진 옷가지랑, 이부자리랑 가지런히 매만지다가 젖어 돌아오는 내 발소리에 귀 기울이는 건가요?

눈물

　너의 눈에 흐르는 눈물 아주 투명해 살갗까지 비치는
눈물 너의 얼굴, 너의 몸 속까지 환히 비치는 눈물 너의
몸 전체를 고요한 나무의 투명한 물관으로 만드는 눈물
어떤 몸부림도, 어떤 아우성도 멎은 곳에서 흐르는 눈물
어떤 몸부림도, 어떤 아우성도 고요한 나라의 눈물 수만
광년 먼먼 별에서 흐르는 눈물 수만 광년 먼먼 별에서 이
제 막 너의 눈에 닿은 눈물…… 이제 막 숨 거두는 빛처
럼 나는 네 눈물 속에 녹는다

이별 1

　당신이 슬퍼하시기에 이별인 줄 알았습니다 그렇지 않았던들 새가 울고 꽃이 피었겠습니까 당신의 슬픔은 이별의 거울입니다 내가 당신을 들여다보면 당신은 나를 들여다봅니다 내가 당신인지 당신이 나인지 알지 못하겠습니다 이별의 거울 속에 우리는 서로를 바꾸었습니다 당신이 나를 떠나면 떠나는 것은 당신이 아니라 나입니다 그리고 내게는 당신이 남습니다 당신이 슬퍼하시기에 이별인 줄 알았습니다 그렇지 않았던들 우리가 하나 되었겠습니까

이별 2

아직 그대는 행복하다 괴로움이 그대에게 있으므로
그러나 언젠가 그가 그대를 떠나려 하면 그대는 걷잡을
수 없이 불행해질 것이다 괴로움이 그에게로 옮아갈 것
이므로

길 1

그대 내 앞에 가고
나는 그대 뒤에 서고

그대와 나의 길은
통곡이었네

통곡이 너무 크면 입을 막고
그래도 너무 크면 귀를 막고

눈물이 우리 길을 지워버렸네
눈물이 우리 길을 삼켜버렸네

못다 간 우리 길은
멎어버린 통곡이었네

길 2

한 발을 디딜 때마다 나는 마지막이라고 생각했다 마
지막 발자국이 이어져 길이 되었다 재 속에서 태어난 길,
죽음을 딛고 선 길이 고운 당신의 발 아래 놓여 있다

당신은 나의 길을 밟고 멀어져 가신다

애가 1

삼월이 오는 푸른 샛강에
그대를 보내며
우리는 말을 잊었습니다

잘 가라고,
잊을 수 없음을 알면서도
잊어야 한다고, 잊어버리자고

삼월이 오는 푸른 샛강에
그대의 뼈는 하얗게 뿌려집니다
높은 산 고사목같이 우리는
하얗게 주저앉았습니다

애가 2

오늘도 솔밭머리 하늘은 푸르러
얼어붙은 우리 슬픔 갈 곳 없어도
저 푸르름 속에 우리 슬픔 내다버릴 수 없다

지아비와 지어미의 통곡 걷히고
파랗게 싹을 내는 겨울 보리,
밟아도 밟아도 고개 들이미는 겨울 보리

붉은 돌

붉은 돌, 붉은 돌
그대가 내게
남긴 말

붉은 돌, 붉은 돌
흐르는 강가에 머리 두고
긴 봄날 곤히 잠자는 붉은 돌

내 한철 쌓였던 시름
다 흘러가고
그대 향해 머리 둔 붉은 돌이여

비린내

방천 둑에 봄풀이 우거지고
물가엔 비린내 풍겼네

그대 그림자
물 아래 밀리는 모래에 두고
긴 봄날 강은 흘렀네

비린내, 비린내 풍겨
물 속을 들여다보면
오, 거기 학살이 있었네

몸뚱이 잘리고
눈만 남은 물고기들

그들의 눈은 그들에게나
소중했는가, 내 사랑
나에게나 소중했던가

바람이 지나간 길

한 십리 더 가면 다리의 쥐가 풀릴지 모른다 바람이 지나간 길, 모래들은 무덤처럼 따뜻이 누워 있고 고운 먼지를 집어쓴 풀잎들이 졸린 눈을 들어 나를 바라본다 자고 나면 무거운 짐도, 감각도 꿈일 테지만…… 바람이 지나간 길, 졸린 눈을 드는 풀잎 위로 한숨 한 자락 덮어주며

숨길 수 없는 노래 1

어두운 물 속에서 밝은 불 속에서
서러움은 내 얼굴을 알아보았네
아무에게도 드릴 수 없는 꽃을 안고
그림자 밟히며 먼 길을 갈 때
어김없이 서러움은 알아보았네
감출 수 없는 얼굴 숨길 수 없는 비밀
서러움이 저를 알아보았을 때부터
나의 비밀은 빛이 되었네 빛나는 웃음이었네
하지만 나는 서러움의 얼굴을 알지 못하네
그것은 서러움의 비밀이기에
서러움은 제 얼굴을 지워버렸네

숨길 수 없는 노래 2

아직 내가 서러운 것은 나의 사랑이 그대의 부재를 채우지 못했기 때문이다 봄하늘 아득히 황사가 내려 길도 마을도 어두워지면 먼지처럼 두터운 세월을 뚫고 나는 그대가 앉았던 자리로 간다 나의 사랑이 그대의 부재를 채우지 못하면 서러움이 나의 사랑을 채우리라

서러움 아닌 사랑이 어디 있는가 너무 빠르거나 늦은 그대여, 나보다 먼저 그대보다 먼저 우리 사랑은 서러움이다

숨길 수 없는 노래 3

내 지금 그대를 떠남은 그대에게 가는 먼 길을 시작했기 때문입니다

돌아보면 우리는 길이 끝난 자리에 서 있는 두 개의 고인돌 같은 것을

그리고 그 사이엔 아무도 발 디딜 수 없는 고요한 사막이 있습니다

나의 일생은 두 개의 다른 죽음 사이에 말이음표처럼 놓여 있습니다

돌아보면 우리는 오랜 저녁빛에 눈먼 두 개의 고인돌 같은 것을

내 지금 그대를 떠남은 내게로 오는 그대의 먼 길을 찾아서입니다

숨길 수 없는 노래 4

내 그대를 떠난 날부터 그대는 집을 가졌네 오직 그대
만이 들어갈 수 있는 집, 그대의 무덤

난 그대의 집으로 들어갈 수 없네 오직 그대만이 들어
갈 수 있는 집, 내 떠나므로 불 밝은 집

내 그대를 떠난 날부터 그대는 집을 가졌네 상처처럼
푸른 지붕과 바람처럼 부드러운 사면의 집

내 그대를 떠남은 그대 속에 나의 집을 짓기 위해서라
네 상처처럼 푸른 지붕과 바람처럼 부드러운 사면의 무덤

입술

    우리가 헤어진 지 오랜 후에도 내 입술은 당신의 입술을 잊지 않겠지요 오랜 세월 귀먹고 눈멀어도 내 입술은 당신의 입술을 알아보겠지요 입술은 그리워하기에 벌어져 있습니다 그리움이 끝날 때까지 닫히지 않습니다 내 그리움이 크면 당신의 입술이 열리고 당신의 그리움이 크면 내 입술이 열립니다 우리 입술은 동시에 피고 지는 두 개의 꽃나무 같습니다

늘 푸른 노래

사철나무 가지를 들여다보니 제 것 아닌 잎새가 올라와 있습니다 제 가지의 잎들은 둥글고 넓은데 그 가지의 잎들은 뾰족하게 날카로웠습니다

그대는 지금 멀리 있지만 늘 푸른 나무 속에 우리는 함께 있습니다 내게서 나와 그대 속에 스미면 아득하게 한숨도 억지 울음도 없습니다

사철 푸른 우리들의 노래를 잊으셨습니까?

샘가에서

어찌 당신을 스치는 일이 돌연이겠습니까
오랜 옛날 당신에게서 떠나온 후
어두운 곳을 헤매던 일이 저만의 추억이겠습니까
지금 당신은 저의 몸에 젖지 않으므로
저는 깨끗합니다 저의 깨끗함이 어찌
자랑이겠습니까 서러움의 깊은 골을 파며
저는 당신 가슴속을 흐르지만 당신은
모른 체하십니까 당신은 제게 흐르는 몸을
주시고 당신은 제게 흐르지 않는 중심입니다
저의 흐름이 멎으면 당신의 중심은 흐려지겠지요
어찌 당신을 원망하는 일이 사랑이겠습니까
이제 낱낱이 저에게 스미는 것들을 찾아
저는 어두워질 것입니다 홀로 빛날 당신의
중심을 위해 저는 오래 더럽혀질 것입니다

편지 1

처음 당신을 사랑할 때는 내가 무진무진 깊은 광맥 같은 것이었나 생각해봅니다 날이 갈수록 당신 사랑이 어려워지고 어느새 나는 남해 금산 높은 곳에 와 있습니다 낙엽이 지고 사람들이 죽어가는 일이야 내게 참 멀리 있습니다

당신을 사랑합니다,
떠날래야 떠날 수가 없습니다

편지 2

그렇게 쉽게 떠날 줄 알았지요
그렇게 떠나기 어려울 줄 몰랐습니다

꽃핀 나무들만 괴로운 줄 알았지요
꽃 안 핀 나무들은 설워하더이다

오늘 아침 버스 앞자리에 앉은 할머니의
하얗게 센 머리카락이
무슨 삼줄 훑어놓은 것 같아서

오랜 후 당신의 숱 많은 고수머리가
눈에 보였습니다

사랑하는 사람이여,
하마 멀리 가지 마셔요
바람 부는 낯선 거리에서 짧은 편지를 씁니다

편지 3

그곳에 다들 잘 있느냐고 당신은 물었지요
어쩔 수 없이 모두 잘 있다고 나는 말했지요
전설 속에서처럼 꽃이 피고 바람 불고
십리 안팎에서 바다는 늘 투정을 하고
우리는 오래 떠돌아다녔지요 우리를 닮은
것들이 싫어서…… 어쩔 수 없이 다시 만나
가까워졌지요 영락없이 우리에게 버려진 것들은
우리가 몹시 허할 때 찾아와 몸을 풀었지요
그곳에 다들 잘 있느냐고 당신은 물었지요
염려 마세요 어쩔 수 없이 모두 잘 있답니다

편지 4

당신을 맞거나 보내거나 저렇게 무한정 잎을 피워올린 과일나무 둥치처럼 저희는 쓸쓸합니다 당신이 저희 곁에 오시거든 무성한 저희 잎새를 바라보시기를

저희 사랑이 꽃필 때 저희 목숨은 시들고 수없이 열매들을 따낸 과일나무처럼 저희 삶은 누추합니다 당신이 저희 곁을 떠나시거든 저희를 닮은 비틀린 나무들을 지켜보시기를

어두운 곳에서 옷을 벗다 들킨 여인처럼 저희 꿈은 자주 놀란답니다 갑자기 끊긴 아이의 울음처럼 캄캄히 멎은 저희 기도를 기억하시기를, 당신의 먼 길을 저희가 기억하듯이

편지 5

늘 멀리 있어 자주 뵙지 못하는 아쉬움 남습니다 간혹
지금 헤매는 길이 잘못 든 길이 아닐까 생각도 해보고요
그러나 모든 것이 아득하게 있어 급한 마음엔 한 가닥 위
안이 되기도 합니다 이젠 되도록 편지 안 드리겠습니다
눈 없는 겨울 어린 나무 곁에서 가쁜 숨소리를 받으며

그 여름의 끝

그 여름 나무 백일홍은 무사하였습니다 한차례 폭풍에
도 그 다음 폭풍에도 쓰러지지 않아 쏟아지는 우박처럼
붉은 꽃들을 매달았습니다

그 여름 나는 폭풍의 한가운데 있었습니다 그 여름 나
의 절망은 장난처럼 붉은 꽃들을 매달았지만 여러 차례
폭풍에도 쓰러지지 않았습니다

넘어지면 매달리고 타올라 불을 뿜는 나무 백일홍 억
센 꽃들이 두어 평 좁은 마당을 피로 덮을 때, 장난처럼
나의 절망은 끝났습니다

'길' 위에서의 사랑 노래
──'나의 그'를 이해하기 위하여

박철화
(문학평론가)

> 사랑과 고통의 체험을 가진
> 사람만이 음악을 이해한다.
> ──장 클로드 피게

　왜 내가 이 땅의 한 시인에 대한 글을 시작하는 출발선에서, 위에 적은, 그것도 먼 변방의 한 음악학자가 말한 문구를 떠올렸을까? 나는 그 의문의 뿌리를 찾아나서는 것으로 이 글을 시작하겠다. 그것은 나와 이성복과의 만남이라는 사적인 차원만이 아니라, 비록 과문함을 인정하지 않을 수 없다 하더라도, **내가 보기에** 위의 문구가 이성복의 시세계를 이해하는 데에 있어서 가장 핵심적인 말이 아닐까 생각되기 때문이다. 물론 그때, 음악이란 어휘는 시나 삶으로 바뀔 수도 있겠지만, 가장 본

질적이고 원초적인 의미에서 시와 노래의 삶이 별개의 것이 아니었다는 점을 생각하면, 음악이란 시와 노래와 삶을 아울러 표현하는 말이 아니겠는가. 예술이 인간의 삶에 대한 총체적 성찰을 통하여 인간에게 훼손되기 이전의 순수한 가치를 회복시켜주는 것이라면, 음악은 그 예술의 가장 궁극적인 표현 양식이 될 것이다. 이것이 앞에서 내가 제기했던 의문에 관한 첫번째 대답이다. 적어도 그에게 '음악을 이해한다'는 말과 '노래를 부른다'는 말은 동의어인데, 왜냐하면 이 세계 속에 무수히 존재하는 '삶의 비밀'의 음악들은 바로 그를 통해 울려나오기 때문이다.

누구에게나 그러했겠지만, 내가 이성복을 처음 만나던 10대 후반의 나날들엔, 때때로 괴롭기도 했지만 여전히 이 세계는 눈부신 곳이었고 따라서 나의 삶은 아름다운 것이었다. 순간순간 우리를 찾아들던 삶의 희열. 비록 그것이 학교 교육이라는 제도적 억압의 굴레가 벗겨지는 최초의 시기에 우리에게 던져진 미끼였는지는 모르지만 그 포만을 모르던 희열에 탐닉하며 우리는 그것에 얼마나 심한 기갈을 느꼈던가. 적어도 그때의 나는 서가에 꽂힌 이성복의 자괴와 비탄의 요설을 이해할 수 없었고, 따라서 나를 뒤흔들던 그 불온한(?) 고통의 언어들을 서가의 한구석에 묻어두고 깨끗이 잊는 것으로 과감히 무시했다.

　그러나 오래지 않아 나의 삶은 허물어졌다. 야수들, 광란의 세월. 그 미친 발톱 앞에서 나는 나를 지켜줄 아무런 방패도 없이 허무하게 쓰러졌고, 흘러가듯이 닿은 고향집 내 방에서 끔찍한 기억에 한줌, 한줌 부서져나갔다. 불면의 밤, 그리고 악몽, 야수들은 두 손과 입가에 피칠을 하고 무엇인가를 게걸스럽게 아귀아귀 뜯고 있었는데, 그 무엇인가는 서울에 두고 온 나의 사랑이기도, 친구들이기도, 부모이기도 했고, 어쩌면 그 모든 이들이었는지 모른다. 그런데 나는 한 마리 야수였다.

　며칠 고기를 먹지 않았습니다 눈물 흘리는 짐승들이 슬퍼졌기 때문입니다 그러던 어느 날 고기를 먹었습니다 넓적넓적 썰은 것을 구워먹으니 맛이 좋았습니다 그날 아침 처형당한 간첩의 시체라고 했어요 한참을 토하다 고개 들어보니 입가에 피범벅을 한 세상이 어그적어그적 고기를 씹고 있었습니다

　　　　　　　　　　　　　　　—「역전易傳 1」 전문

　나는 이미 남쪽의 어느 도시에서 일어났던 믿을 수 없는 이야기를 들었으며 그 치욕의 몇몇 기록들을 내 눈으로 보았던 것이다. 내 몸에 문신처럼 들러붙어 떨어지지 않던 피의 얼룩, 그 악몽이 찾아들 때마다 나는 온몸

을 흥건히 적신 땀이 채 마르기도 전에, 정신없이 서울의 내 사랑에게 고통스러웠을 정신의 암호를 적어 보내곤, 하루 종일 고향의 호수가 산 위에 올라 건너편 무인도 미루나무숲을 향해 무너져만 가는 내 젊음에 대한 그리움과 괴로움의 조사弔詞를 접어 날렸다. 살아서 숨쉰다는 것은 견딜 수 없는 고통이었고 아무에게나 털어놓을 수 없는 지독한 외로움이었다.

  당신을 따라서 나도 모르게 천착하였습니다 당신이 슬퍼할 줄 알면서도 내게 남은 것은 다 외로움이었습니다 내 손에 묻은 당신의 피를 보았습니다 당신에게서 당신에게로 가는 것들을 가로막고서 내게 남은 것은 다 외로움이었습니다 당신 가슴에 내가 새긴 끔찍한 문신이었습니다
                                           ──「문신」 전문

매일처럼 열어보는 우체통엔 점차 노을이 스며드는 텅 빈 막막함만이 쌓여갔고, 참을 수 없을 만큼 막막함이 쌓이면 석양빛에 뒤채이는 물결을 바라보며 호수가 미루나무 늘어선 방둑길을 넋놓고 한없이 걷곤 했다. 그땐 몰랐다. 고통 때문에 얼떨결에 놓아버린 정신의 파편들이 내 사랑에게는 비수가 될 수도 있다는 사실을.

  저물녘의 못물같이 내 당신을 보고 또 보았습니다

끝없는 동굴 같은 것이 마음속에 깊어갔습니다

내 몸 비틀면 당신의 이마 위 맑은 물방울 굴러내리고

처음엔 형벌인 줄 몰랐습니다

나의 괴로움, 당신의 형벌일 줄 몰랐습니다

오, 저물녘의 못물같이 내 당신을 보고 또 보았습니다

　　　　　　　　　　　　　　　　——「비단길 2」 전문

　기억의 지층 속에 파묻혀 있던 『뒹구는 돌은 언제 잠
깨는가』가 내 손에서 펼쳐져 이성복의 젊은 날의 고통의
언어가 내 삶 안에서 생생히 살아 움직이기 시작한 것
은 그때부터였다. 문학은, 아니 엄밀하게 말해 그의 시
는, 지니고 있기에는 너무 버거웠고 그렇다고 버릴 수는
없었던 내 삶의 구원이자 도피처가 된 것이다. 겨울이면
성에가 새하얗게 끼던, 고향집 내 방의 유난히 넓은 유
리창에 나는 잠에서 깨기 무섭게 '사랑한다'와 '죽고 싶
다'는 말을 자욱이 적어넣으며 이성복의 「사랑일기」를
떠올렸고, 집 앞 골목의 나트륨등 주위로 저주처럼 퍼붓
던 폭설을 바라보며 「다시 정든 유곽에서」를 생각했다.
서울에서 와야 할 편지는 이미 오래전에 끊겨 있었다.
　이성복이 내게 '고통'이란 말을 처음으로 깨우쳐준 이
는 아니었지만 나는 그에게서 이 세계가 끔찍하게 괴롭
다는 것을 되풀이해 확인했다. 그의 첫 시집 『뒹구는 돌
은 언제 잠 깨는가』는 이 세계가 고통스러운 곳이며 그

고통에는 깊이가 있다는, 부인할 수 없는 절규였다. 그 절규가 되풀이해 일러준 것이 바로 세계와 삶과 인간에 대한 진실한 이해는 고통의 체험에서 우러나온 깊이와 연관을 맺고 있으며, 그것은 얼마나 깊이 아파하는가의 문제라는 사실이었다.

하지만 내가 그의 첫 시집을 펴들고 정신없이 빠져 헤매던 83년엔 그는 이미 서서히 변모하고 있었다. '살아 숨쉰다'는 치욕스런 고통을 그는 조금씩 사랑으로 감싸안고 있었는데, 그것은 심리적으로 보자면 "부성적 세계와의 갈등으로부터 모성적 세계와의 화해로의 이전"이고, 문학사적 안목에서 생각하자면 '근대'를 지향한 모더니스트의 몸부림에서 '근대 이전'으로의 변모이며, 사회학적 관점으로는 의식과 현실의 팽팽한 대립이라는 개인성의 공간에서 동일한 고통을 겪고 있는 또 다른 사람들의 발견, 더 나아가 타인의 고통까지를 대신 감내하려는 존재의, 대타성 혹은 이타성의 공간으로의 전화이다. 의식과 현실이라는 대등한 두 힘의 갈등에서 파생된 긴장의 예각화된 날카로움이, 개인으로서의 "내가 전체인 '세계' 속으로 몰입하는 순간"에 사라지고 일상성의 부드러운 힘을 획득하는 길목에 서 있는, 이성복의 『남해 금산』은 그의 『뒹구는 돌은 언제 잠 깨는가』의 대단원을 장식하고 있는 「이제는 다만 때아닌, 때늦은 사랑에 관하여」에서 예견된 것이기는 하였지만, 현실과는 철저하게 불화의 관계일 수밖에 없었던 나의 의식은 『남해금산』에 대해 조그마한 틈입의 여유도 허용치 않고 있었다. 세계와 인간에 대한 신뢰가 무너져내린 젊음에 비탄스러워하던, 잃어버린 사랑 때문에 메마를 대로 메마른 나의 가슴에 '사랑'이란 말이 무슨 소용이 있었겠는가. 그의 표현을 빌려 이야기하자면 '나'에게 '세계'는 이미 죽어 있었던 것이다. 나는 적어도 주어진 '이 삶을 숙명적으로 파악할' 수 없었고 차라리 어느 시인의 말처럼 누군가 지구를 멈추어준다면 뛰어내리고 싶었다.

'살기를 포기한 사람의 얼굴'이라는 말을 이따금 씁쓸히 떠올리는 가운데에서도 시간은 어김없이 흘러, 『남해금산』이 나오던 해의 후반기 반년 또한 "무기력과 불감증"(「1959년」)에 시달리며 지워졌다. 왜 그해 초겨울의 바다와 해송 우거진 "숲은 세월의 무덤처럼 푸르렀"(「숲 1」)는지, 왜 "목숨이 지나간 자리[처럼] 푸른빛이었"(「나무 3」)는지. 그 푸른빛을 따라간 끝자리에, 죽음의 문턱으로 나를 이끌던 한 달여의 폐렴. 병원에서 나왔을 때, 나는 만신창이였다. 그 겨울 "두 손으로 얼굴을 가리면/온몸에서 전깃줄이 울고, 얼음장에/아가미를 부딪는 작은 물고기들이 보였다"(「눈」). 그리고 눈앞으로 날아든 한 장의 부음, 지상에서 영원히 사라진 내 잃어버린 사랑. 하지만 나는 그녀를 사랑했었고 그 사랑은 파도치듯

밀려오는 망각의 세월 속에서도 조금도 그 빛이 바래지
않았던 것이다.

> 한 여자 돌 속에 묻혀 있었네
> 그 여자 사랑에 나도 돌 속에 들어갔네
> 어느 여름 비 많이 오고
> 그 여자 울면서 돌 속에서 떠나갔네
> 떠나가는 그 여자 해와 달이 끌어주었네
> 남해 금산 푸른 하늘가에 나 혼자 있네
> 남해 금산 푸른 바닷물 속에 나 혼자 잠기네
>
> ──「남해 금산」 전문

　사랑이라는 말은 그리고 타인이라는 말은 엄밀하게
말해 처음으로 나의 의식 속에 자리잡았다. 그러자 나의
의식 속에서는 더욱 뚜렷하게 살아 생글생글 미소짓는
얼굴로 인해, 죽어버린 이 세계가 다시 되살아나고 무한
히 확장되는 것이었다. 사랑은 도처에서 숨쉬고 있었고
"그 모든 사소로운 것들이 당신의 눈짓"(「비단길 5」)이었
으며 따라서 이 세계는 내가 얼마나 사랑하는가에 따라
한없이 나의 넓이로 전화되는 것이었다. 나와 세계의 관
계는 무한한 '사랑'의 문제였다.
　앞에서 내가 제기했던 의문에 대한 두번째 대답은 이
것이다. 즉 '고통'과 '사랑'의 체험은 그것에서 비롯된

한 인간 존재의 깊이와 넓이를 규정하며, 그때 넓이와 깊이란 말은 곧 한 인간의 그릇을 일컫는 말이라는 것이다. 투박하고 담백하게 만들어진 그 그릇의 빈 공간에서 어떤 섬세하고 아름다운 음악이 울려나올 것인가. 내게 클로드 피게를 알려준 이 땅의 한 음악학자는 다음과 같이 말하고 있다.

사랑의 체험은 남의 말을 듣기 위해 필요하고 고통의 체험은 그 말의 깊이를 느끼기 위해 필요하다.
음악이 우리의 가슴 안에 울리기 위해서 우리의 마음속에는 울림의 공간이 필요하다. 그리고 그 울림은 빈 공간 없이는 이루어질 수 없다. 고통의 체험이 없는 사람에게는 마음속에 빈 공간이 없고 빈 공간이 없이는 울림이 불가능하다.

세계와 인간과 삶의 무수한 진실들이 생생하게 울리기 위해서는 이렇듯 사랑과 고통의 체험이 필요한 것이다. 이성복의 세번째 시집 『그 여름의 끝』은 『뒹구는 돌은 언제 잠 깨는가』와 『남해 금산』이라는 고통과 사랑의 통과제의적 도정을 거쳐온 한 인간의 내면에서 끊임없이 울려나오는 '숨길 수 없는 노래'들이다. 그가 "시는 그것 자체로서 의미를 가지는 것이 아니라, 삶에 대한 사랑을 받아내는 그릇으로서 의미를 갖는다"라고 말하

는 것은 그 때문이다. 아, 나는 이제 알겠다. 왜 그가 '당
신'과 연애하는 이 세번째 시집의 시들을 쓰고 엮으며
깊이와 넓이를 이야기하는가를.

요즈음 나는 '당신'이라는 이름으로 불리는 '세계' 앞에
서 있다. '당신' 앞에서 나는 여태껏 경험해보지 못한 경건
한 느낌을 갖는다. 처음으로 나는 '당신'과 연애한다. '당
신'은 내가 찾아헤매던 '숨은 그림'이고, 나의 삶은 '당신'
이라는 집으로 가는 길이다. 나는 아직도 정면으로 '당신'
의 얼굴을 마주본 적이 없다. 언제나 '당신'은 어렴풋한 모
습으로 내 앞에 있다. 하지만 나는 '당신'이 비할 바 없이
깊고 단순하다는 사실을 잘 알고 있다. **'당신'의 단순함은
바로 '당신'의 깊이다.**

———시론, 「집으로 가는 길」부분

세번째 시집을 엮으면서 역시 나는 내 그릇을 크게 벗
어나지 못했다는 느낌이 든다. 이제 내게 주어진 일은 남
은 시간 동안 불과 몇 밀리라도 **비좁은 그릇을 넓혀가는**
것이리라. 애초에 그것이 불가능한 일이라 하더라도, 최소
한 내 잘못은 아닐 것이다.

———「자서」부분

따라서 『그 여름의 끝』은 고통과 사랑의 체험으로 깊

이와 넓이를 지니게 된 이성복이, '삶의 길' 위에서 자신을 통해 공명시켜 보내는 무수한 '삶의 비밀'들에 관한 노래들이다. 그 노래는 길 위에서 끊임없이 메아리치고 있다. 그런데 그것은 때로 "사철 푸른 우리들의 노래"(「늘 푸른 노래」)이기도 했지만 어느 때 "그대가 내 손을 잡고 부르던 노래는 죽음"(「노래 1」)이기도 했다. 왜?

이성복에게 "문학은 이미 내가 알고 있는 여러 사실들의 공식화된 표현이거나 내가 알아내려고 애쓰는 부분에 대입해보기 위해 임의적으로 만든 도식에 지나지 않는다. 그 표현이나 도식들은 대체로 **대칭적이거나 역설적인 구조**를 지니고 있다. 왜 그럴까. 아마도 삶의 구조가 그러하기 때문일 것이다." 따라서 대칭 또는 역설적인 삶을 받아내는 그릇으로서의 시 또한 대칭적이거나 역설적이다.

1) 세상에는 사람들이 살고 있는 **가장 더러운 진창**과 사람들의 손이 닿지 않는 **가장 정결한 나무**들이 있다 세상에는 그것들이 모두 다 있다 그러나 그것들은 함께 있지 않아서 일부러 찾아가야 한다 그것들 사이에 **찾아야 할 길**이 있고 시간이 있다

　　　　　　　　　　　　　　　　　　　　　　—「산」 전문

2) 내 지금 그대를 떠남은 그대에게 가는 먼 길을 시작
했기 때문입니다

돌아보면 우리는 길이 끝난 자리에 서 있는 두 개의 고
인돌 같은 것을

그리고 그 사이엔 아무도 발 디딜 수 없는 고요한 사막
이 있습니다

나의 일생은 두 개의 다른 죽음 사이에 말이음표처럼
놓여 있습니다

돌아보면 우리는 오랜 저녁빛에 눈먼 두 개의 고인돌
같은 것을

내 지금 그대를 떠남은 내게로 오는 그대의 먼 길을 찾
아서입니다

—「숨길 수 없는 노래 3」 전문

세상에는 "가장 더러운 진창"—— '극단의 폭력'——과
"가장 정결한 나무들"—— '극단의 인종'——이 있다. 이
사실은 세상이 대칭적이라는 것을 말해준다. 그 두 극단
의 죽음(왜냐하면 '가장'이란 부사는 유일함을 나타내고
그것이 유일하다는 의미에서 유일한 추함과 유일한 정결함
은 그곳에 도달하게 되면 '삶의 길'이 더 이상 이어질 수 없
는 죽음 그 자체이기 때문이다. 따라서 이성복이 "아직 서
해엔 가보지 않았습니다/어쩌면 당신이 거기 계실지 모르
겠기에//[……]//당신이 계실 자리를 위해/가보지 않은 곳

을 남겨두어야 할까 봅니다/내 다 가보면 **당신 계실 곳이 남지 않을 것이기에**"[『서해』]라며 "당신을 당신 자신으로 존재하게 하기 위해" 그 마지막을 금기로서 남겨두는 것이다) 사이에 우리들의 '삶의 길'이 놓여 있다. 그 길은 "왼갖 노래 다 듣고 왼갖 노래 다 불러보아도 마음속에 떨어진 그대, 건질 수가 없[고] 마음속에 불붙은 그대 눈동자 지울 수가 없"(『노래 2』)어 '당신'을 '찾아야 할 길'이다. 그렇기 때문에 그가 2)에서 "나의 일생은 두 개의 다른 죽음 사이에 말이음표처럼 놓여 있습니다"라고 말하는 것이다. 그런데 그 길은 2)에서 알 수 있는 것처럼 떠남으로써만 다가갈 수 있는 역설적 구조를 지니고 있다. 그 역설적 구조가 그의 시집 여기저기에 무수한 역설의 시구를 낳는다.

1) 내 마음은 골짜기 깊어 그늘져 어두운 골짜기마다 새들과 짐승들이 몸을 숨겼습니다 그동안 나는 밝은 곳만 찾아왔지요 더 이상 밝은 곳을 찾지 않았을 때 내 마음은 갑자기 밝아졌습니다

—「만남」 부분

2) 우리 집은 비울수록 무겁고 다가갈수록 멀어라!

—「집」 부분

3) 내가 당신 속으로 깊이 들어갔을 때 나는 아직 당신
바깥에 있었습니다

———「사슬」 부분

4) 당신이 나를 떠나면 떠나는 것은 당신이 아니라 나입
니다 그리고 내게는 당신이 남습니다 당신이 슬퍼하시기
에 이별인 줄 알았습니다 그렇지 않았던들 우리가 하나 되
었겠습니까

———「이별 1」 부분

왜 아니겠는가. 그에게서 시가 "삶에 대한 사랑을 받
아내는 그릇으로서 의미를 갖는다"면 길은 곧 그 삶인
것을: "가령 길은 우리에게 많은 것을 생각하게 해준다.
길과 삶은 하나로 맞물려 있다. 길은 인간이 만든 것도
자연이 만든 것도 아니다. 길은 인간과 자연의 대화이다.
대화에는 결론이 없다. 끊어짐과 이어짐이 있을 뿐이다.
삶과 마찬가지로 길은 끊어졌다고 믿는 순간 다시 이어
진다. 길은 삶의 완벽한 비유이다. 길에 대해 이야기한
다는 것은 곧 삶에 대해 이야기하는 것이 된다. 누가 나
에게 길에 대해 말해달라. 그러면 나는 그에게 삶에 대
해 이야기해줄 수 있으리라. 모든 길은 삶의 길이다. 바
꾸어 말하면 우리들 개개인의 삶은 낱낱이 서로 다른 길
이다. 길들은 서로 만났다가는 또 헤어진다. 길들의 만

남은 이미 헤어짐을 전제로 하는 것이다. 헤어지지 않는 길을 본 적이 있는가. 그렇다면 길들은 만나지도 않았으리라"(「작가 일기」). 길은 대칭적이거나 역설적인 우리들 삶의 생김새를 비유적으로 드러내준다. 그 길과 길의 만남과 헤어짐, 오고 감 사이에 우리들의 삶은 얼룩처럼 지워지지 않는 흔적이 되어 남아 있다. 그 길 위로 '당신'은 오고 또 간다.

느낌은 어떻게 오는가
꽃나무에 처음 꽃이 필 때
느낌은 그렇게 오는가
꽃나무에 처음 꽃이 질 때
느낌은 그렇게 지는가

종이 위의 물방울이
한참을 마르지 않다가
물방울 사라진 자리에
얼룩이 지고 비틀려
지워지지 않는 흔적이 있다

　　　　　　　　　　　　　　　　　——「느낌」 전문

깊은 내륙에 먼 바다가 밀려오듯이
그렇게 당신은 내게 오셨습니다

깊은 밤 찾아온 낯선 꿈이 가듯이
그렇게 당신은 떠나가셨습니다

어느 날 몹시 파랑치던 물결이 멎고
그 아래 돋아난
고요한 나무 그림자처럼
당신을 닮은 그리움이 생겨났습니다
다시 바람 불고 물결 몹시 파랑쳐도
여간해 지워지지 않았습니다

——「비단길 1」 전문

　그 지워지지 않는 그리움을 따라, 가야 할 길은 앞에서 인용했던 「숨길 수 없는 노래 3」의 "사막"에서 알 수 있듯이 팍팍하고 메마른 길이다. '당신'은 팍팍하고 메마른 삶의 행로에 존재한다. "**달아날수록** 사막은 가까웠습니다 **다가갈수록** 사막은 당신을 닮아갔습니다 당신이 아니라면 어찌 내가 사막을 보았겠습니까"(「사막」)라는 시구는 그런 맥락에서 읽을 수 있다. 하지만 그 인고의 삶에는 만남 또는 기다림이 희망으로서 아울러 존재하고 있다. "모래바람 속 타는 발바닥으로 사막을 건너간 영양들이 살가죽 밖으로 뼈를 보일 때 나의 하나님, 당신은 그들 귀에만 들리는 낮은 노래"(「낮은 노래 3」)인 것이다. 따라서『그 여름의 끝』은 그리움을 좇아 어둠 속으로 '당신'을 찾아 떠난 이성복이, 그 어둠 속에서 끊임없이 켜댄 불꽃의 악보라고 말할 수 있는데 그 악보는 서시 「느낌」이 구체화된 것으로서 「그 여름의 끝」에서 '끝'으로 마감함으로써 하나의 완성된 악장을 이루는 것이다. 제목의 목차에서 보듯이 각 소절들은 이어지는가 싶으면 끊어지고 끊어지는가 싶으면 이어진다(눈치 빠른 독자들은 이미 이성복이 첫 시집과 두번째 시집에서 보여준 작품의 정교한 배열에 대한 배려가 이 새로운 시집에서도 여전히 지속된다는 사실을 알아차렸을 것이다). 왜냐하면 그 악보는 길 위에서의 노래를 채보한 것이며, 그것이 곧 삶이기 때문이다: "삶과 마찬가지로 길은 끊어졌다고 믿는 순간 다시 이어진다. 길은 삶의 완벽한 비유이다." 대부분의 시 제목이 '길'과 '노래'로 이루어진 것은 그러한 이유에서이다. 그러한 노래의 끊어짐과 이어짐에 대해 하나의 예를 들어보면 다음과 같다.

아카시아나무는 잎새가 짙어 이마를 치고 어깨를 툭툭 치고 길은 끝없이 계속될 것 같았습니다 그때 문득 **길이 끊어지고** 아슬하게 높은 낭떠러지 위에 섰습니다
—「산길 1」 부분

한 사람 지나가기 빠듯한 산길에 아카시아 우거져 드문드문 햇빛이 비쳤습니다 길은 완전히 막힌 듯했습니다 이

러다간 길을 잃고 말 거라는 생각에, 멈칫멈칫 막힌 숲속
으로 다가갔습니다

그렇게 몇 번이나 떨면서, 가슴 조이며 우리는 산길을
내려왔습니다 **언제나 끝났다고 생각한 곳에서 길은 다시
시작되었지요**

——「산길 2」 전문

끊어짐과 이어짐을 매개해주는 것이 바로 '당신'이다.
'당신'은 어디에서나 존재하고, 그 존재의 바깥에 또 존
재함으로써 부재하기 때문이다. '당신'이 그곳에 있어
가보면 당신은 그곳에 없다. (기표*signifiant*와 기의*signifié*
끝없는 불일치라는 라캉Lacan의 담론 구조와 동형을 이
루고 있는 이러한 이성복의 사유는 하나의 시적 방법론
이기도 하지만, 동시에 그것을 넘어서 '따뜻한 비관주
의'라 명명된 초기시에서부터 무의식적이든 의식적이든
지속적으로 관철되고 있는——낙관과 비관, 역사에 대한
부끄러움과 역사의 부질없음, 희망과 절망 사이에서 어
느 하나에 쉽게 자신을 의탁하지 않고 삶을 살아내려는
자에게 팽팽한 긴장의 힘을 부여하고 있는——세계관이
다.) 그곳에 존재하는 일상사의 사소함이 사랑의 대상으
로 떠오르는 것은 그러한 이유에서인데, 그때 우리들의
일상이란 '당신'의 그림자, '당신'이 머물다 간 "지워지

지 않는 흔적"(「느낌」)들이기 때문이다. 그래서 그가 "문학을 통해 내가 얻은 교훈이라면, 간단히 말해 삶은 사랑이며 그 사랑은 먼 것과 가까운 것, 깊은 것과 얕은 것, 무거운 것과 가벼운 것, 있는 것과 없는 것의 구분을 넘어선다는 것"이라고 말한다. 그 모든 것이 '당신'에 대한 그리움을 낳는 우리들의 일상적 삶이기에 그렇다. 정신사적인 측면에서 조망한다면, 이러한 이성복의 시세계는 자아/세계의 이원적 대립 그리고 자아가 세계를 주체화하는 과정에서 빚어지는 가치의 서열 문제 등 서구의 인식론이 한계에 부딪힌 곳에서, 나와 세계의 관계를 일원적으로 합치시키려는 데에서 그 중요성을 찾을 수 있는데, 그것을 정과리는 "탈중심의 상관성"이라 이름 붙인 바 있다. 어쨌든 길, 길 위에서의 노래, 바로 삶은 끝없이 **흐르고**, 그것이 '나'의 '세계'에 대한 사랑이다.

당신에게 이끌려 기어코

나는 흐르고야 맙니다

오, 한없이 떨리는 당신

———「강가에서 3」 부분

사랑이란 그에 의하면 삶의 순리에 따르는 것이며 순리란 물이 흐르듯 자연스러운 것이다. 그렇다면 그에게 물이란 무엇이겠는가.

길이 우리들 삶의 생김새를 비유적으로 드러내준다면 물은 그 삶을 무리없이 살아갈 수 있는 바람직한 방도를 일러준다. 그 방도가 바람직한 것은 물이 삶의 이치에 순응하기 때문이다. 때로 과격하고 횡포한 것으로 우리 눈에 비치는 물조차도 사실은 삶의 이치에 순응하는 과정의 한 단면에 지나지 않는다. 물은 삶의 길을 간다. 물의 순응은 물의 자유이다. 물이 가는 길은 우리의 조바심과 의구심에도 불구하고 우리의 삶이 가는 길이다. 물은 가는 곳마다 그 모습을 바꾼다. 삶에 집착하는 것은 물의 한 가지 모습에 집착하는 것과 다름없다. 만약 물의 속성들을 낱낱이 마음속에 익힌다면 나는 삶을 이해할 수 있으리라. 뿐만 아니라 나의 모든 행위들은 '무리'하지 않으리라.

——「작가 일기」

그래서 때때로 우리는 멈출지라도 강물은 흐르며: "우리가 멎은 자리에서 강은 흘렀네"(「강 2」), 나의 흐름이 멈추면 '당신'은 더럽혀지고: "저의 흐름이 멎으면 당신의 중심은 흐려지겠지요"(「샘가에서」), 따라서 '당신'을 위해 나는 더럽혀지겠다는 절대적 이타성의 세계가 나타나는 것이다: "그러나 나의 기다림은 낮게 흘러 흐려질 것입니다"(「낮은 노래 1」), "홀로 빛날 당신의/중심을 위해 저는 오래 더럽혀질 것입니다"(「샘가에서」).

그런데 그 흐름을 따라, 흐름과 함께 가는 "'나'는 내가 찾아야 할 '집'이 현실에는 존재하지 않는다는 믿음과, 그럼에도 현실에서 찾아야만 한다는 믿음 사이의 모순 위에 존재한다"(「집으로 가는 길」). 그 모순이 때로는 "원망"(「그대 가까이 2」)과 "증오"(「강 3」)를 낳기도 하지만, 대개 모순적 삶의 행로 위에서 발견하게 되는 '삶의 비밀'은 '서러움' '슬픔' '울음' '눈물' 등이며

1) 아직 내가 서러운 것은 나의 사랑이 그대의 부재를 채우지 못했기 때문이다 봄하늘 아득히 황사가 내려 길도 마을도 어두워지면 먼지처럼 두터운 세월을 뚫고 나는 그대가 앉았던 자리로 간다 나의 사랑이 그대의 부재를 채우지 못하면 서러움이 나의 사랑을 채우리라

서러움 아닌 사랑이 어디 있는가 너무 빠르거나 늦은 그대여, 나보다 먼저 그대보다 먼저 우리 사랑은 서러움이다
　　　　　　　　　　　　　　　　　—「숨길 수 없는 노래 2」 전문

2) 오늘도 솔밭머리 하늘은 푸르러
　　얼어붙은 우리 슬픔 갈 곳 없어도
　　저 푸르름 속에 우리 슬픔 내다버릴 수 없다
　　　　　　　　　　　　　　　　　—「애가 2」 부분

3) 그 슬픔이 당신 자신이라면 나는 또 무엇을 밀어내야 할까요 내게서 당신이 떠나가는 날, 나는 처음 울 수 있을 것 같습니다

—「울음」 부분

4) 어떤 몸부림도, 어떤 아우성도 멎은 곳에서 흐르는 눈물 어떤 몸부림도, 어떤 아우성도 고요한 나라의 눈물 수만 광년 먼먼 별에서 흐르는 눈물 수만 광년 먼먼 별에서 이제 막 너의 눈에 닿은 눈물…… 이제 막 숨 거두는 빛처럼 나는 네 눈물 속에 녹는다

—「눈물」 부분

그 모두를 그는 "쓸쓸함의 정다움"(「섬」)이라 말한다. 그런데 1)에서 말하고 있듯이, 나는 "그대가 앉았던 자리"로 가지만 이미 그대는 그곳에 없다. 나의 사랑은 당신이 머물다 간 모든 길을 사랑으로 채우지 못한다. 당신은 모든 행로 위에 존재하고 또 부재하지만 내가 그 모든 삶의 행로를 다 갈 수는 없기 때문이다. 그것이 삶이다. 그렇기 때문에 '정다움'이라고 말할 수 있는 것이다. 그때 "길은 인간의 것이 아니다. 오직 슬픔만이 그 길을 가지 못한 인간의 몫이다. 길이 인간의 몫이 아니기에 죽으나 사나 인간은 그 길을 가려 하며, 가도 가도 못다 간 길은 인간의 슬픔으로 녹아내린다"(「차에 관한 단상」).

녹아내리는 인간의 슬픔에서 나는 '통곡'을 듣는다.

그대 내 앞에 가고
나는 그대 뒤에 서고

그대와 나의 길은
통곡이었네

통곡이 너무 크면 입을 막고
그래도 너무 크면 귀를 막고

눈물이 우리 길을 지워버렸네
눈물이 우리 길을 삼켜버렸네

못다 간 우리 길은
멎어버린 통곡이었네

———「길 1」 전문

삶의 길 자체가 '통곡'이라는 것을 깨달은 그가 "당신을 맞거나 보내거나 저렇게 무한정 잎을 피워올린 과일나무 둥치처럼 저희는 **쓸쓸합니다**"(「편지 4」)라고 말할 때, 그것은 '쓸쓸함의 정다움'이라는 삶의 비밀을 깨달은 자의 '꿈'을 위한 발판이 된다. "'꿈꾸기'는 삶의 고

유한 호흡 방식이다. 삶은 불가능을 호흡한다"(「집으로 가는 길」). 따라서 '당신'에게 보내는 다섯 통의 편지(「편지 1」에서 「편지 5」까지)를 적어 보내곤 "눈 없는 겨울 어린 나무 곁에서 가쁜 숨소리를 받으며"(「편지 5」) 꿈을 꾸기 시작한 그에게 '절망'이란 없다. 삶이 불가능을 호흡하는 것이라는 그의 '꿈꾸기'에 어떻게 한 인간의 존재를 부패시키는 '절망'만이 깃들일 수 있겠는가. 따라서 "장난처럼 나의 절망은 끝났습니다"라고 말하는 이 시집의 마지막 시구는, "삶은 고뇌와 고통과 절망과…… 즐거움과 즐김과 쾌락이 어우러져 있는 시공 복합체이다"라고 우리를 일깨웠던, 그의 스승의 말과 함께 읽혀야 한다.

그 여름 나무 백일홍은 무사하였습니다 한차례 폭풍에도 그 다음 폭풍에도 쓰러지지 않아 쏟아지는 우박처럼 붉은 꽃들을 매달았습니다

그 여름 나는 폭풍의 한가운데 있었습니다 그 여름 나의 절망은 장난처럼 붉은 꽃들을 매달았지만 여러 차례 폭풍에도 쓰러지지 않았습니다

넘어지면 매달리고 타올라 불을 뿜는 나무 백일홍 억센 꽃들이 두어 평 좁은 마당을 피로 덮을 때, 장난처럼 나의

절망은 끝났습니다

——「그 여름의 끝」 전문

　그때 우리를 향하여 흔들리는 세상의 저 수많은 "한
번도 잡아주지 못한 손, 타인의 여윈 손"(「손」)들과 나의
"까닭 없이 허공에 펴든 손"(「운명」)은 운명처럼 마주
잡게 되는 것이다.

　나와 세계, 내용과 형식의 일치라는 어려운 작업을,
만남과 헤어짐, 끊어짐과 이어짐의 변증을 통하여 동시
에 수행해나가는 이 뛰어난 역설의 시편들은 전통의 계
승과 변모라는 차원에서 한국시의 새로운 가능성의 장
으로 남아 있다. 시와 삶의 팽팽한 대립과 긴장으로부터
시와 삶의 일치를 통한 '삶의 비밀'에 관한 통찰로 움직
여간 그의 시세계가, 자신이 이미 표명했던 '이미지의
결여'라는 필연적인 한계(왜냐하면 '당신'은 단순하니까)
를 "'당신'의 깊이"에 대한 인식을 통하여 심화하며, '당
신'에 대한 사랑을 통하여 확대할 때, 우리는 그 가능성
이 구체화된 아주 크고 넓은 그릇을 만날 수 있을 것이
다. 하지만 그의 길 위에는 또한 '삶의 비밀'의 샘에 관
한 인식만이 아니라 끊임없이 샘솟아 흘러가는 삶의 무
수한 현상들을 포괄할 수 있어야만 그 그릇은 보다 더
정교하며 강해진다는 과제가 존재한다는 점을 그가 어

떻게 수용할 것인가, 하는 문제가 과제로 놓여 있다. 스스로 "인생 연구"(「소월시문학상 수상 연설문」)라 이름 붙인 그 과제는 그의 발걸음을 애타게 기다리고 있다.

나는 지금 이성복이 자신의 시라는 그릇을 통하여 내게 들려준 쓸쓸하지만 아름다운 사랑 노래들의 악보를 뒤적거리고 있다. 고통에서 치욕으로, 치욕에서 사랑으로 자신의 길을 걸어간 이 미완성의 기록들에 어떤 새로운 악보가 덧붙여질 것인가. 우리가 가지 못한 길이 저렇게 끝없이 계속되고 있듯이 이 미완성의 악보 또한 어쩌면 영원히 도달하지 못할 완성을 향하여 끝없이 이어질 것이다. 왜냐하면 완성된 노래 이후에 새로운 노래란 없을 테니까, 그곳에는 '당신'을 찾으려는 정신의 움직임이 존재할 수 없고 따라서 우리에겐 죽음만이 남을 테니까.

나는 아직 듣지 못한 그 침묵 속의 노래, 삶의 길 위에서의 사랑 노래가 한없이 듣고 싶다. 어쩌면 바로 이 호기심, 이 욕망이 그가 우리에게 준 가장 기쁜 선물이자, 그의 시의 가장 큰 힘이 아니겠는지. 그것은 다름 아닌 인간과 세계와 삶 앞에서의 기본적인 자세의 확립, 즉 끝없는 사랑이기 때문이다. 하지만 어쩔 것인가. 그 사랑 속에서도 "입을 틀어막고 우는 울음"(「소월시문학상 수상 연설문」)이 새어나오고 있으니. ▨